たくやと雨がえるのぼうけん

たくやと雨がえるのぼうけん

岡田 純也　さく　　長谷川 真子　え

もくじ

雨《あま》がえるとやくそくしました

長《なが》ぐつはいた　かささした
雨《あめ》の日《ひ》の　おさんぽさんぽ
あじさい　さわさわ　さいている
長《なが》ぐつはいた　たたん
かささした　たたん
雨《あめ》の日《ひ》の　おさんぽさんぽ

たくやは、雨《あめ》の日《ひ》がきらいではありません。それどころか、すきといってよいでしょう。

いつものチェックがらの青《あお》いかさをさして、すきな「雨《あめ》の日《ひ》のおさんぽ」の歌《うた》を歌《うた》いながらようち園《えん》にむかいました。そう、長《なが》ぐつも青色《あおいろ》でした。

ところどころにある水《みず》たまりで、長《なが》ぐつでバシャバシャと足《あし》ぶみします。

「あらあら、よごれますよ！」

と、お母《かあ》さん。

でも、お母《かあ》さんも雨《あめ》がすきなのでしょう。ニコニコしながらいっています。

「元気《げんき》がよくて、いいですね。」

「体《からだ》がじょうぶでたすかります。」

いつものように、お母《かあ》さんは近所《きんじょ》のおばさんとおしゃべり。

その時《とき》でした。かえるがあじさいの花《はな》から、ピョンと、たくやの青《あお》いズボンにとびつきました。

「うわっ、かわいい。」

うすみどりの、まるで体《からだ》の中《なか》まですけてみえそうなとうめいな色《いろ》の、雨《あま》がえるでした。

「たくちゃんの長《なが》ぐつ、すてきだね。」

雨《あま》がえるは、たくやを見上《みあ》げながらいいました。

「ありがとう。ぼくもこの長《なが》ぐつ、だいすき。」

「いいなあ、わたしも長《なが》ぐつ、はいてみたい。」

雨《あま》がえるは、しんけんな顔《かお》でたくやにいいました。

「そうか、かえるさんにこの長《なが》ぐつ、あげてもいいけど。でも大《おお》きすぎるね。」

「たくちゃん、ありがとう。たくちゃんはやさしい人《ひと》ですね。」

雨《あま》がえるは、本当《ほんとう》にうれしそうにいいました。

たくやは考《かんが》えました。どこに雨《あま》がえるに、ちょうどよい長《なが》ぐつがあるのだろうか。すぐには思《おも》いうかびませんでした。

どうしよう。どうしよう。

「雨《あま》がえるさん。ぼく、かえるさんのはけるような長《なが》ぐつ、さがしてあげる。きっと見《み》つけてくるよ。」

たくやは、雨《あま》がえるにやくそくしました。

「ありがとう、でもむりしないでね。」

「うん。ぼく、うんとくふうするよ。」

たくやと小《ちい》さな雨《あま》がえるはニッコリ顔《かお》を見合《みあ》わせました。

「今日《きょう》は、たくちゃんに会《あ》えて、わたしとてもしあわせです。」

雨《あま》がえるがいいました。

「ぼくもそう思《おも》うよ。会《あ》えてよかったね。」

たくやもいいました。

ほんとにたくちゃん、雨《あま》がえるの長《なが》ぐつ、さがせるかな。

雨《あま》がえるの長《なが》ぐつをさがして

たくやは、考《かんが》えました。

(雨《あま》がえるさんにぴったりの長《なが》ぐつは、どこにあるのかなあ。あんなに小《ちい》さくてかわいい足《あし》に合《あ》う長《なが》ぐつは、どこにあるのだろう。)

たくやは、家《いえ》の中《なか》をさがしました。おもちゃばこをのぞきこみました。けれども、小《ちい》さな長《なが》ぐつになりそうなものは、ありませんでした。タンスの引《ひ》き出《だ》しをあけてみました。しょっきだなの中《なか》をのぞきました。でも、雨《あま》がえるの長《なが》ぐつになりそうなものはありません。

お母《かあ》さんがいいました。

「たくや、何《なに》をさっきからさがしているの。」

「うんちょっと、さがしているのさ。」

「何《なに》をさがしているの。」

と、またお母《かあ》さん。

「うん、ちょっとね。ひみつ…。」

たくやは答《こた》えました。

「そう、ひみつなの。たくやはさいきん、ひみつが多《おお》いのね。」

お母《かあ》さんはそういってニコニコしています。


(これはどうかな。)

たくやはプラスティックのボトルをとり出《だ》しました。そして、白《しろ》いキャップをはずしました。たくやはキャップを見《み》つめながら、

「大《おお》きさは、ちょうどいい。」

と、ひとりごとをいいました。

けれども、どうしたら長《なが》ぐつのように、雨《あま》がえるの足《あし》にスッポリ入《はい》って、とれないようにできるだろうか。たくやは考《かんが》えました。

（キャップにあなをあけて、ひもをつけてみようか。）

「よし、きめた！」

たくやは、うれしそうに大《おお》きな声《こえ》を出《だ》しました。

「たくや、ひみつはさがせたの？」

と、夕《ゆう》ごはんのじゅんびをしているお母《かあ》さんがいいました。

「うん、なんとかね。」

たくやは、少《すこ》しとぼけて答《こた》えました。


たくやはお父《とう》さんのどうぐばこからキリをとり出《だ》しました。そして、キャップにあなをあけようとしました。ところが、かたくてかんたんには、あながあきません。力《ちから》を入《い》れると、すべってしまいます。

それでも、どうやら二《ふた》つの白《しろ》いキャップにあなをあけることができました。そして、糸《いと》をあなに通《とお》しました。

（うまくできたよ。雨《あま》がえるさん、よろこんでくれるかな。）

つぎの日《ひ》、ちょうどよく雨《あめ》がふっていました。たくやは、いつものように
チェックの青《あお》いかさをさして、青《あお》い長《なが》ぐつをはいて、ようち園《えん》にむかいまし
た。

お母《かあ》さんは、いつものようにとなりのおばさんや、むかいのうちのおばあ
さんと、立《た》ちどまって話《はな》しています。

「雨《あま》がえるさん、どこにいるの。長《なが》ぐつさがしたよ。」

「ここにいるよ。きのうと同《おな》じあじさいの葉《は》の上《うえ》。」

たくやは、ニコニコしながら、雨《あま》がえるのそばに走《はし》りました。

「ほら、見《み》て。どうかな、この長《なが》ぐつ。」

「あっ、作《つく》ってくれたの。うれしいな。」

雨《あま》がえるは、すぐに長《なが》ぐつに足《あし》を入《い》れてみました。

「ちょうどいい。」

雨《あま》がえるさんは、目《め》をくるくるうごかしながら、足《あし》をパタパタとさせています。

ところが、少《すこ》したつと、うれしそうな雨《あま》がえるさんの顔《かお》が、きゅうにかわりました。

「あっ、いたい！」

雨《あま》がえるさんは、目《め》をつぶって、顔《かお》をしかめました。

「だいじょうぶ？大《おお》きさはちょうど合《あ》っているのに。プラスティックだから、かたいんだね。」

「うん、ちょっといたい。うれしいのにごめんね。」

雨《あま》がえるさんは、えんりょしながらいい

ました。

「ごめん。ごめんね。雨《あま》がえるさんの足《あし》はやわらかいから、むりかもしれないね。」

たくやはあやまりました。

「ごめんなさい。わたしがわがままいって。」

雨《あま》がえるさんもたくやにあやまりました。

「ぼく、もう少《すこ》しさがしてみるよ。今度《こんど》は、きっとぴったりした長《なが》ぐつ、見《み》つけるからね。」

「むりをしないで。少《すこ》しだったら、このキャップの長《なが》ぐつで歩《ある》けるけど、長《なが》くはね…。」

雨《あま》がえるさんは、たくやにすまなそうに

いいました。

たくやは、ようち園《えん》に行《い》ってからも、雨《あま》がえるさんの長《なが》ぐつのことばかり考《かんが》えました。

(何《なに》か、いいものないかなあ。)

かえるの長《なが》ぐつ　どこにある
ピタッと合《あ》うくつ　どこにある
足首《あしくび》しばって　ピョンピョンピョンピョン
かえるの長《なが》ぐつ　せかいに一《ひと》つ

見《み》つけた、ほおずきトマトの長《なが》ぐつ

夕《ゆう》ごはんの後《あと》でした。お母《かあ》さんがいいました。

「今日《きょう》のデザートは、少《すこ》しめずらしいくだものよ。ううーん、やさいかな。」

お母《かあ》さんは、ほおずきを六《ろっ》こほどのせたおさらを、テーブルにおきながらいいました。

「これ、ほおずきじゃないか。くだものではないよ。」

お父《とう》さんがいいました。

「それがね、これトマトなのよ。ほおずきトマトっていうの。まわりのふくろをひらいて、中《なか》のトマトを食《た》べるのよ。」

「ほう!」

お父《とう》さんは、感心《かんしん》しています。

「まったく、ほおずきと同《おな》じなのにね。これがトマトか。」

お父《とう》さんは、ほおずきトマトを一《ひと》つもちながら、ますます感心《かんしん》したようにながめています。

たくやはほおずきと同《おな》じように、そっとふくろをひらいて、中《なか》のまっ赤《か》にうれたトマトをとり出《だ》してたべてみました。

「おいしいね。」

たくやは思《おも》わずいいました。

「新《あたら》しくかいはつされたトマトだね。」

と、お父《とう》さん。

「農家《のうか》の人《ひと》たちは、いろいろくふうしているのね。」

と、お母《かあ》さん。

その時《とき》、たくやは、はっとしました。

（そうだ、これ、雨《あま》がえるさんの長《なが》ぐつになる。きっとなる。）

「お母《かあ》さん、このほおずきトマトのふくろ、ぼくにください。」

＊ほおずきトマト…ほおずきの一種《いっしゅ》。食用《しょくよう》とするほおずきのよびかたのひとつ。

「何《なに》につかうの。」

と、お母《かあ》さんは、ふしぎそうな顔《かお》をしました。

「ちょっとね。ひみつ。」

と、たくや。

「また、ひみつなのね。さいきん、たくやは、ひみつが多《おお》いわね。」

と、お母《かあ》さんは、たくやをにらむような目《め》をしてわらいました。

たくやは、自分《じぶん》のへやに行《い》くと、ほおずきトマトのふくろをじっと見《み》つめました。

（かわいいヒモをつけて、しばると、ちょうどブーツみたいになる。これなら、雨《あま》がえるさんの足《あし》にぴったりだし、きっとよろこんでくれる。）

たくやは、もううれしくてなりません。引《ひ》き出《だ》しから青《あお》いヒモを出《だ》して、ほおずきトマトのふくろが、やぶけないように、ちゅういしながら、しっかりとつけました。

たくやは、ほおずきトマトの長《なが》ぐつを、小《ちい》さなふくろに入《い》れて、まくらもとにおきました。

(明日《あした》が楽《たの》しみだなあ。)

たくやは、そう思《おも》いながらねむりました。

つぎの日《ひ》の朝《あさ》は、よく晴《は》れていました。たくやは、小《ちい》さなふくろをもって、いつものように、ようち園《えん》にむかいました。お母《かあ》さんは、いつもと同《おな》じように、今日《きょう》もおばさんたちと話《はなし》をしています。

たくやは、雨《あま》がえるのいるあたり、あじさいの花《はな》のそばに行《い》くと、

「雨《あま》がえるさん、いい長《なが》ぐつ見《み》つけたよ。出《で》てきて。」

と、お母《かあ》さんにきこえないくらいの声《こえ》でいいました。

「ここだよ。たくちゃんの足《あし》のそば。」

雨《あま》がえるの声《こえ》がしました。

「ほら、見《み》て。」

たくやは、ふくろを雨《あま》がえるさんにわたしました。

雨《あま》がえるは、すぐにふくろの中《なか》をのぞきました。

「やあっ、すてきだね。」

雨《あま》がえるは、そういって、ふくろから、ほおずきトマトの長《なが》ぐつをとり出《だ》

しました。

「はいてみせて。今度《こんど》はかたくないよ。」

雨《あま》がえるは、ほおずきトマトの長《なが》ぐつに足《あし》を入《い》れました。

そして、両足《りょうあし》でペタペタと、足《あし》ぶみをしました。

「これはいい。ちょうどいいよ。かるくてすてきだ。たくちゃん、ありがとう。とってもうれしい。」

「そう。雨《あま》がえるさんがよろこんでくれて、ぼくもうれしいよ。」

と、たくやがいいました。

「これなら、どんなところにも、出《で》かけられるね。」

雨《あま》がえるは、本当《ほんとう》にうれしそうでした。

「うんと、ぼうけんができそうだよ。」

「雨《あま》がえるさん、ぼうけんに行《い》くの？」

と、たくやはたずねました。

「うん。知《し》らないところが、たくさんあるし、色々《いろいろ》なことをしてみたいし。」

雨《あま》がえるは、しんこきゅうをしながら答《こた》えました。

「じゃあ、雨《あま》がえるさんが、ぼうけんに行《い》く時《とき》、ぼくもいっしょに行《い》こうかな。」

たくやも、とてもぼうけんに出《で》かけたくなりました。

「うん、ぜひ行《い》こう。いっしょに行《い》けば、こわいこともないし、きっとすばらしいぼうけんができるよ。」

雨《あま》がえるはそういうと、

「今度《こんど》、雨《あめ》のふった時《とき》、出発《しゅっぱつ》しよう。」

と、目《め》をクリクリさせながらいいました。

「うん、うれしいな。雨《あめ》の日《ひ》がまちどおしいな。」

たくやは、そういって、空《そら》を見上《みあ》げました。

ほおずきトマト　知《し》ってるかな
かえるの長《なが》ぐつ　ほおずきトマト
かわいいまっ赤《か》な　トマトぐつ
だれでもほしがる　おしゃれぐつ

ふしぎなズナマ池《いけ》

「雨《あめ》ふらないかなあ。」

たくやは空《そら》を見上《みあ》げて、つぶやきました。はやく雨《あま》がえるといっしょに、ぼうけんに出《で》かけたいと思《おも》いました。

（長《なが》ぐつはいて、どこに行《い》くのかなあ。きっとすごいことがおこるぞ。）

と、たくやの心《こころ》はきたいでふくれ上《あ》がりました。


朝《あさ》、目《め》をさますと、外《そと》は雨《あめ》でした。

「よかった！」

たくやは、つい大《おお》きな声《こえ》を出《だ》してしまいました。

いつものように、ようち園《えん》のカバンをかけて、青《あお》い長《なが》ぐつをはき、チェックのかさをさしてでかけました。もちろん、お母《かあ》さんもいっしょです。

そして、いつものように、お母《かあ》さんは、近所《きんじょ》のおばさんたちと話《はなし》をしています。

たくやは、いそいで、あじさいの花《はな》のところに行《い》きました。すると、雨《あま》がえるさんは、もう、すっかりぼうけん行《い》きのすがたでした。あのほおずきトマトの長《なが》ぐつをはき、小《ちい》さなポシェットをかたからさげて、たくやをまっていました。

「さあ、出発《しゅっぱつ》！」

雨《あま》がえるさんがいいました。

「出発《しゅっぱつ》、じゅんびかんりょう！」

たくやも元気《げんき》よくいいました。

ほおずきトマトの長《なが》ぐつをはいた雨《あま》がえるさんは、いつもよりずっとすばやく、とぶように走《はし》りだしました。たくやも、まけないように、後《あと》につづきました。

雨《あめ》は、ちょうどよく、こぶりになりました。ますます雨《あま》がえるは、はやく走《はし》ります。ふしぎなことにたくやも、いつもよりずっとはやく走《はし》れます。

どこまで来《き》たでしょうか。たくやの家《いえ》も、ようち園《えん》も見《み》えなくなりました。

そして、いつの間《ま》にか、来《き》たことのない知《し》らない森《もり》の中《なか》に入《はい》っていました。


「たくちゃん、ここでとまって。」

と、雨《あま》がえるさんが、小《ちい》さな池《いけ》のほとりで立《た》ちどまっていいました。

「ここは、ズナマ池《いけ》というのですよ。たくちゃん、はじめてでしょう。」

「うん、こんな遠《とお》いところ、はじめてだよ。」

たくやは、へんな名前《なまえ》の池《いけ》だと思《おも》いながら、雨《あま》がえるに答《こた》えました。

その時《とき》でした。

きゅうにきしにむかって、小《ちい》さな生《い》きものが、大《おお》あわてに、ザワザワなみを立《た》てながらやってきました。それも五《ご》ひきや十《じゅっ》ぴきではありません。百《ひゃっ》ぴきはいるでしょうか。

そして、きしにたどりつくと、

「雨《あま》がえるさん、たすけて、たすけて！」

と、いっせいにさけびだしました。

何《なに》かおそろしいものから、にげてきたようです。

よく見《み》ると、みな、おたまじゃくしでした。

「親《しん》せきの雨《あま》がえるさん、ぼくたちをたすけてください。」

一《いっ》ぴきのおたまじゃくしがいいました。

「どうしたの、わけを話《はな》して！」

雨《あま》がえるさんがいいました。

「ぼくたちみんなを食《た》べようとして、きゅうにおそってきたのです。何《なに》か、大《おお》きな魚《さかな》のようでした。」

おたまじゃくしが、せつめいをした時《とき》でした。おたまじゃくしたちのうしろに、大《おお》きな魚《さかな》の口《くち》が、とつぜんあらわれました。おたまじゃくしのぜんぶを、一口《ひとくち》でのみこもうとしているように見《み》えました。

「たすけて！」「キャーッ！」

おたまじゃくしは、めいめいが大声《おおごえ》でさけびました。

「あれっ、なまずさんではないですか。」

雨《あま》がえるは、大《おお》きな口《くち》のまわりにある、長《なが》いひげを見《み》て、きょだいな口《くち》の生《い》きものが何《なに》かわかったようでした。

「どうしたのですか。なまずさん。」

雨《あま》がえるさんがたずねました。

「いやあ、わしもおどろいたよ。むこうぎしでねていたら、わしの体《からだ》の上《うえ》で、うようよ子《こ》どものおたまじゃくしがあそんでいたわけさ。はじめは、くすぐったいのをがまんしていたけれど、こらえきれなくて、くしゃみをしたところ、おひれがうごいて、水《みず》をバシャッとたたいたわけさ。すると、この子《こ》たちが、びっくりしてにげだしたのさ。わしだよ、なまずだよ、といっておいかけてきたのに、この子《こ》たちはいっそうはやくにげるので、あせってしまったところだよ。」

長《なが》いひげを立《た》てて、大《おお》きななまずは、雨《あま》がえるにせつめいしました。

「なんだ、そうだったのか。じゃあ、こわがること、なかったのにね。」

こういって、雨《あま》がえるは、たくやの顔《かお》を見《み》て、ニコッとわらいました。

そして、つづけて、

「おたまじゃくしさんたち、もうだいじょうぶだよ。なまずさんはやさしいから、何《なに》もこわがらなくていいよ。」

と、おたまじゃくしに話《はな》しました。

体《からだ》をよせ合《あ》って、ふるえていたおたまじゃくしたちは、やっと安心《あんしん》して、うしろの大《おお》きななまずを見《み》つめました。顔《かお》はとてもこわいけれど、なまずさんはやさしいいんだと思《おも》いました。


なまずさんがいいました。

「どこへ行《い》くところですか。すてきな長《なが》ぐつはいて。」

雨《あま》がえるとたくやは、同時《どうじ》に答《こた》えました。

「いいでしょう。これからぼうけんです。色々《いろいろ》なところに行《い》ってきます。」

「うらやましいな。」

なまずさんも、いっしょに行《い》きたそうに、目《め》を細《ほそ》くしていいました。

「じゃあ、また。」

なまずさんに手《て》をふって、たくやと雨《あま》がえるは走《はし》りだしました。

たくやは、走《はし》りながら、雨《あま》がえるさんにたずねました。

「ズナマ池《いけ》って、ナマズ池《いけ》のこと？」

「そうだよ。正《せい》かいです。」

雨《あま》がえるさんは答《こた》えました。

はじまりだ　はじまりだ
ひみつのぼうけん　はじまりだ
大《おお》きな口《くち》の　なまずさん
おたまじゃくしも　ひとのみだ

まいごのイトトンボ

「このほおずきトマトのくつをはくと、ふしぎなんですよ。」

　雨《あま》がえるがいいました。

「まるで羽《はね》が生《は》えたように、いつもの何倍《なんばい》もはねることができますよ。」

　たくやは、びっくりしました。

「きちんとはけると思《おも》っただけなのに。それは、すごいね。」

「小《ちい》さな川《かわ》だったら一度《いちど》はねたら、むこうぎしへ行《い》ってしまいますよ。」

　雨《あま》がえるは、うれしそうに、たくやにいいました。

「たくちゃん、わたしはぼうけんといったけれど、本当《ほんとう》はね、ある子《こ》どもをさがしにきたんですよ。」

　たくやは、ふしぎそうな顔《かお》をして、雨《あま》がえるを見《み》つめました。

「たくちゃんのようち園《えん》の小《ちい》さな池《いけ》のところに、時々《ときどき》、イトトンボがとんで

いるでしょう。たくちゃんは、見《み》たことあるかな？イトトンボのお母《かあ》さんに
たのまれているのですよ。」
「ぼくはイトトンボのこと知《し》らないけれど、そのイトトンボの子《こ》どもをさが
しているの？」
「そうなんですよ。いつもいっしょにあそんでいたのに、いつの間《ま》にかいな
くなってしまったというのですよ。まいごになってしまったのです。」
「そうだったの。それだったら、ぼくといっしょにイトトンボの子《こ》どもをさ
がそう。はやく見《み》つけてあげなくちゃ。」
たくやは、ますます心《こころ》がおどるような気《き》もちがしました。
「ありがとう。たすかります。」
と、雨《あま》がえるは、うれしそうにいいました。
「では、いそぎましょうね。水《みず》のあるところがすきだといっていましたから。
さあ、わたしのせなかにのってください。」

たくやは、また、おどろきました。
たくやは、雨《あま》がえるのせなかにのれるほどの小《ちい》さなすがたになっていたのです。

まほうの長《なが》ぐつ　ほおずきトマト
せなかのぼくは　こびとになった
長《なが》ぐつはけば　風《かぜ》のよう
スーイスイスイ　風《かぜ》にのる
スーイスイスイ　風《かぜ》にのる

「あれっ、びっくりした。ぼく、こんなに小《ちい》さくなってるよ。」

「さあ、さあ。」

たくやは、こわごわと雨《あま》がえるのせなかにのりました。

「おもくないの？」

と、たくやはたずねました。

「ぜんぜん、だいじょうぶですよ。」

と、雨《あま》がえるは答《こた》えました。

くすの木《き》や、かえでやけやきの森《もり》にむかって、雨《あま》がえるはとびました。まるで空《そら》をとぶように、木《き》の上《うえ》をこえて、森《もり》の中《なか》をながれるせせらぎのところにつきました。

すると、せせらぎのむこうに、キラッと光《ひか》るものが木《き》のむこうから見《み》えました。

「たくちゃん、あの光《ひか》っているのが、マガ湖《こ》ですよ。あそこかもしれない。

行《い》ってみましょう。」

そういうと、雨《あま》がえるは、たくやがしっかりせなかにのっているのをたしかめると、一気《いっき》にみずうみにむかってとびました。

マガ湖《こ》に近《ちか》づくにつれ、まるで歌《うた》を歌《うた》っているような声《こえ》がします。すがたは見《み》えませんが、まるで合《がっ》しょうしているような声《こえ》です。

「わたしのなかまなのですよ。わたしよりずっとずっと大《おお》きいけれど、やさしいかえるたちです。」

そういうと、しずかに雨《あま》がえるは、その合《がっ》しょうのきこえてくるきし近《ちか》くに、すべるようにつきました。

すると、どうでしょう。声《こえ》だけしていたかえるたちが、きしにそっていっせいにとび出《だ》しました。はすの葉《は》の間《あいだ》からも、あしのしげみからも、たくさんのかえるがあらわれました。たくやは、びっくりして、

「うわっ、すごく大《おお》きいかえる。」

と、雨《あま》がえるにそっとささやきました。

「大《おお》きいけれど、やさしいなかまですよ。ガマガエルという名前《なまえ》ですよ。」

雨《あま》がえるは、たくやに答《こた》えると、たくさんのガマガエルにむかっていいました。

「ひさしぶりです。みなさん元気《げんき》そうですね。」

ひときわ大《おお》きいガマガエルが、

「わしたちは、みんな元気《げんき》はつらつだよ。雨《あま》がえるさんも、そう見《み》えるね。」

と、答《こた》えました。

「マガ湖《こ》のガマガエルのリーダーですよ。」

と、雨《あま》がえるは、たくやに耳《みみ》うちしました。

「ところで、なぜこんな遠《とお》いところまで来《き》たのかな。それに、せなかにかわいい男《おとこ》の子《こ》がいるね。だれかな。」

雨《あま》がえるが答《こた》えました。

「この男《おとこ》の子《こ》は、ようち園《えん》に通《かよ》っているたくやさんです。あることをてつだってもらっているのですよ。」

「そうか、たくやさん、よろしく。」

と、ガマガエルはていねいに頭《あたま》を下《さ》げました。そして、雨《あま》がえるに、

「何《なに》をしに、ここまで来《き》たのかな。」

と、たずねました。

「イトトンボの子《こ》どもをさがしているのです。お母《かあ》さんにたのまれて、まいごになってしまったイトトンボの子《こ》どもをさがしているのですよ。」

すると、リーダーのガマガエルは、まわりを見《み》わたして、

「みんな、今《いま》の話《はなし》、きいたね。だれか小《ちい》さなイトトンボを見《み》たものはいないかな。」

と、大《おお》きな声《こえ》でたずねました。

近《ちか》くにいたガマガエルが見《み》なかったというように頭《あたま》をふりました。

「だれも見《み》たものはいないのかな。」
と、もう一度《いちど》リーダーのガマガエルがたずねました。すると、少《すこ》し遠《とお》くにいたガマガエルが、おずおずと近《ちか》づきながらいいました。
「わたし、見《み》たような気《き》がします。ちがっているかもしれないけれど、きのうの夕方《ゆうがた》、このマガ湖《こ》のふちにそってとんでいるすがたを見《み》たような気《き》がするのです。小《ち い》さくて羽《はね》がすきとおっているきれいなトンボでした。」

「きっと、その子《こ》ですよ！まいごのイトトンボは！」

雨《あま》がえるがさけびました。

「そうかもしれないな。それで、そのイトトンボは、どこへ行《い》ったのだろう。」

リーダーのガマガエルは、またたずねました。

「マガ湖《こ》のむこうぎしにむかって、とんでいました。そう、むこうの方《ほう》ですよ。」

「そうか、そうか。みんなむこうぎしへ行《い》って、まいごのイトトンボをさがそうじゃないか。」

リーダーのガマガエルがいいました。

ガマガエルたちは、マガ湖《こ》のむこうぎしにむかっておよぎはじめました。

きしのあしの葉《は》の間《あいだ》をキョロキョロとさがしながら、むこうぎしへむかうガマガエルもいました。

ガマガエルたちは、空《そら》を見上《みあ》げたり、はすの葉《は》を見《み》つめたり、あしのしげみをのぞきこんだりしながら、まいごのイトトンボをさがしました。

もちろん雨《あま》がえるとたくやも、はすの葉《は》の上《うえ》をとびながらさがしました。

まいごのイトトンボ発見《はっけん》

まいごのイトトンボは、なかなか見《み》つかりません。もうマガ湖《こ》には、いないのでしょうか。

「ていねいに、ていねいに、さがすんだよ。なにしろ小《ちい》さいイトトンボだからね。」

ガマガエルのリーダーは、なかまのガマガエルたちにめいれいしています。

「羽《はね》も小《ちい》さいし、それほど遠《とお》くには行《い》けないと思《おも》うよ。」

「何《なに》か、めあてがあって、マガ湖《こ》までとんできたのかなあ。」

ガマガエルのなかまたちは、イトトンボをさがしながら、ささやき合《あ》っています。

「風《かぜ》が出《で》てきたね。少《すこ》しさむくなってきたよ。」

一《いっ》ぴきのガマガエルがいったとおり、あしの葉《は》がざわめきはじめました。

細《ほそ》い葉《は》がおたがいにこすり合《あ》わさるように、サラサラと音《おと》をたてています。

すると、あしのしげみから、ふわっと白《しろ》いものが空《そら》にまい上《あ》がりました。

「あっ、タンポポのわたげだよ。」

「こじんまりしているし、シロタンポポのわたげだね。」

「うん、きっとそうだ。」

まい上《あ》がり、風《かぜ》にのってとんでいくシロタンポポのわたげを目《め》でおいながら、ガマガエルたちは話《はな》し合《あ》っています。

その時《とき》でした。シロタンポポのわたげがとび出《だ》したあたりから、すきとおるような羽《はね》をした小《ちい》さなイトトンボがとび出《だ》しました。まるで、シロタンポポのわたげをおいかけるように、羽《はね》を一生《いっしょう》けんめいうごかしています。

けれどもイトトンボは、とてもいそいでいるようでいながら、バタバタとあわてているようすはありません。風《かぜ》にのっているように、かろやかにとんでいます。

やっと見《み》つけた　イトトンボ
すきとおる羽《はね》で　風《かぜ》を切《き》る
タンポポわたげと　かけっこだ

「見《み》つけたよ。イトトンボの子《こ》どもだよ。」

ガマガエルの一《いっ》ぴきが、なかまによびかけました。ガマガエルのなかまも、リーダーも、いっせいにかけつけてきました。たくやも雨《あま》がえるもやってきました。

「たしかにイトトンボの子《こ》どもだ。まいごの子《こ》どもにちがいないね。」

リーダーのガマガエルがいいました。

「きっとそうですね。わたしたちは、イトトンボの子《こ》どもをおっていきます。」

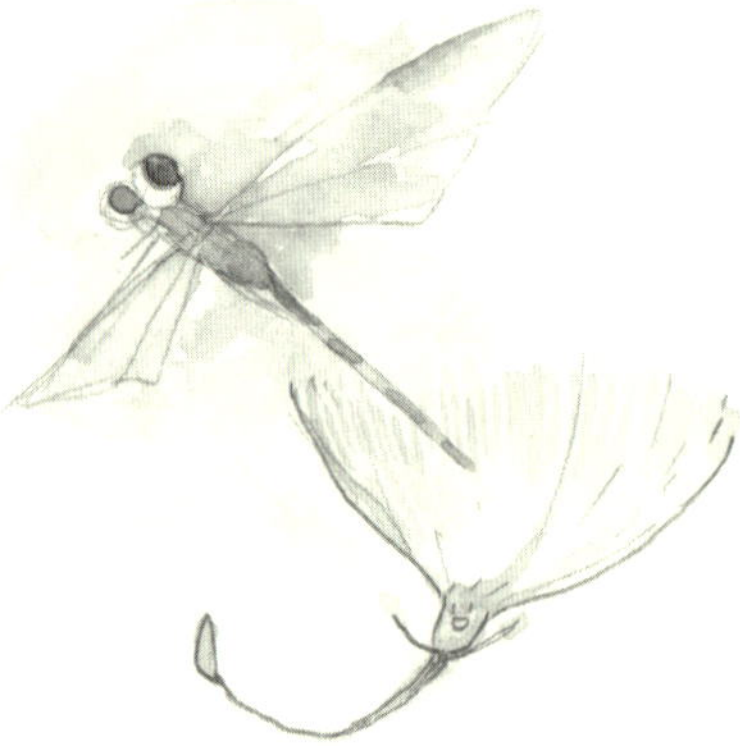

雨《あま》がえるはそういうと、

「ありがとう、ガマガエルさんたち。みんなの力《ちから》で見《み》つけることができました。ありがとう。」

と、ガマガエルのリーダーとなかまたちに礼《れい》をいいました。

「わたしたちもいっしょにおいかけていきたいけれど、今《いま》はマガ湖《こ》をはなれられないので。」

リーダーのガマガエルは、少《すこ》しすまなそうな顔《かお》をして、たくやと雨《あま》がえるにあやまりました。

「あれっ、ヒメシロチョウも、とび出《だ》してきたよ。」

「イトトンボの行《い》った方《ほう》にむかっているね。」

シロタンポポのわたげと、イトトンボがとび出《だ》したあたりのしげみから、今度《こんど》はヒメシロチョウが、ふわふわと、まるで風《かぜ》にあおられているようにとんでいます。ヒラヒラ、ヒラヒラと、風《かぜ》を楽《たの》しんでいるようです。そして、わたげとイトトンボのむかった方《ほう》に、ゆっくりとすすんでいきました。いつの間《ま》にか、まいごのイトトンボとシロタンポポのわたげは、ずいぶん遠《とお》くにはなれていました。

「さあ、はやく行《い》かないと見《み》うしなってしまうよ。」

ガマガエルのリーダーがいいました。

「うん、わかった。いそいでおいかけよう。」

たくやは、ガマガエルのリーダーにいうと、自分《じぶん》ののりもののように、雨《あま》がえるのせにとびのりました。

「では、さよなら。また会《あ》いましょう。」

たくやと雨《あま》がえるは、ヒメシロチョウの後《あと》を、ピョンピョンとぶようにおいかけました。

イトトンボさん、なぜこんな遠《とお》くに来《き》たの

野原《のはら》をぬけると森《もり》になりました。雨《あま》がえるは、たくやをのせて、じょうずにえだの間《あいだ》をくぐったり、木《き》の上《うえ》をとびこえたりしました。

森《もり》はどんどんくらくなっていきます。木《き》が高《たか》くそびえ、空《そら》さえかすかに見《み》えるほどです。

雨《あま》がえるとたくやは、イトトンボをおいかけました。どのくらい走《はし》ったでしょうか。まだイトトンボのすがたは見《み》えません。

「少《すこ》し休《やす》んでいきましょう。」

日《ひ》の光《ひかり》がさしこんでいる日《ひ》だまりで、雨《あま》がえるはいいました。

「うん、ずいぶん走《はし》ったものね。」

たくやが答《こた》えました。そして、かしわの木《き》のねにこしかけました。しずまった森《もり》の中《なか》で、たくやのいきをすう音《おと》しかきこえません。

その時《とき》でした。

雨《あま》がえるが、だまってくちびるに手《て》をあてました。

「たくちゃん、声《こえ》がするよ！」

たくやは、音《おと》をたてないようにしながら、まわりをうかがいました。


「イトトンボさん、もう少《すこ》しですよ。シロタンポポさんの話《はなし》だと、イトトンボがむれてとんでいる池《いけ》が見《み》えてくるはずです。小《ちい》さい池《いけ》のようですが、イトトンボがあつまっていると話《はなし》をしていましたよ。」

ささやくような話《はな》し方《かた》でヒメシロチョウがいいました。

「ヒメシロチョウさん、ありがとう。こんな遠《とお》いところまでいっしょに来《き》てくれて。それにシロタンポポさん、ぼくのなかまのいる池《いけ》を教《おし》えてくれて、本当《ほんとう》にありがとう。」

と、イトトンボがいいました。

「わたしも見《み》たことはないけれど、うわさできいています。イトトンボがたくさんとんでいて、池《いけ》のまわりは、わたしたちのなかまのシロタンポポがさきみだれていて、チョウたちがたくさんあそんでいるということです。」

と、シロタンポポのわたげがいいました。

「うれしいなあ、はやくなかまのイトトンボに会《あ》いたいなあ。ぼくのお母《かあ》さんもいっていたけれど、イトトンボも、なぜかどんどん少《すく》

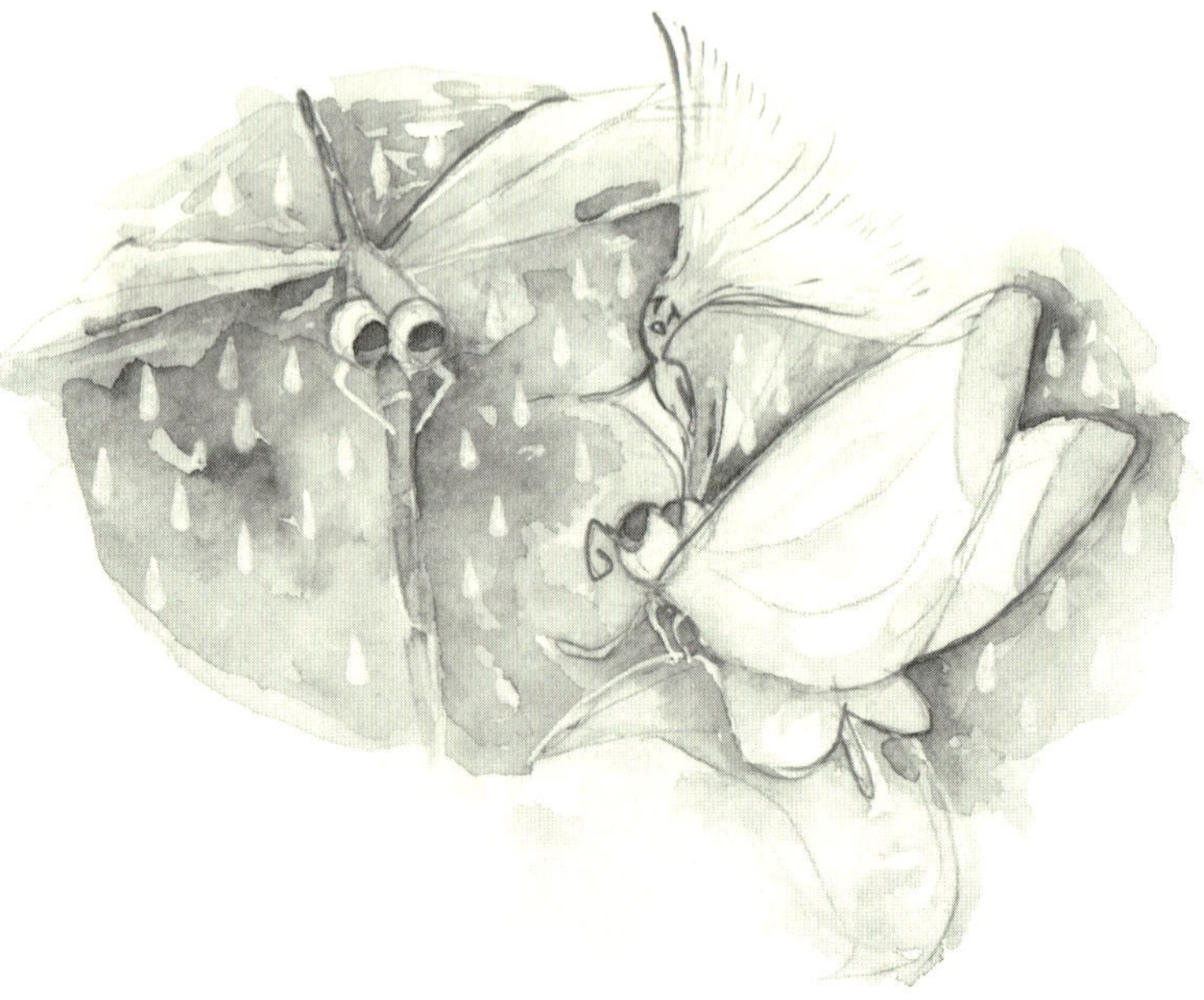

なくなっているということだし。はやく見《み》つけたいなあ。」

イトトンボがいいました。

「イトトンボさんと同《おな》じように、わたしの友《とも》だちのヒメシロチョウも、いつの間《ま》にかきえていて、どこにいるか、わからなくなっているのですよ。こうしてイトトンボさんといっしょに来《き》て、友《とも》だちのチョウに会《あ》えたらうれしいことです。」

と、ヒメシロチョウがいいました。

イトトンボとヒメシロチョウのすがたは見《み》えませんが、声《こえ》はよくきこえました。たくやは、小《ちい》さな池《いけ》のまわりにシロタンポポの花《はな》がうつくしくさき、ヒメシロチョウがとび、池《いけ》の水近《みずちか》くをイトトンボがとんでいるようすを思《おも》いうかべました。

もう少《すこ》し　もう少《すこ》しで　みんなに会《あ》える
池《いけ》のほとり　タンポポの花《はな》　さきみだれ
チョウチョがとぶとぶ　楽《たの》しそう
ヒラヒラ　イトトンボも　楽《たの》しそう

「シロタンポポさん、ありがとう。はやく池《いけ》に行《い》きたいなあ。」

イトトンボがいいました。

「わたしだってそうですよ。みなさんと同《おな》じで、いつの間《ま》にかたくさんいた友《とも》だちが、どんどんきえていっているのですから。さあ、行《い》きましょう。」

シロタンポポのわたげはそういって、まい上《あ》がりました。

つづいてイトトンボの子《こ》どもとヒメシロチョウが、ふわっとうかび上《あ》がり、とびはじめました。

「あそこだよ。そっとついていきましょう。」

雨《あま》がえるはそういって、たくやをせなかにのせると、ゆったりと木《き》の間《あいだ》をつけていきました。

友《とも》だちはどこにきえたのだろう

少《すこ》し行《い》くと、高《たか》い木《き》がなくなり、草原《そうげん》に出《で》ました。まわりがパッとひらけました。

「あっ、池《いけ》だ！」

たくやがいいました。草《くさ》の葉《は》のかげからキラッと水《みず》が光《ひか》りました。ほとんど同時《どうじ》に、前《まえ》をとんでいたイトトンボとヒメシロチョウとシロタンポポのわたげもさけびました。

「池《いけ》だね。」

「フォーエバー池《いけ》ですよ。」

と、シロタンポポのわたげがいいました。そして、イトトンボ、ヒメシロチョウ、シロタンポポのわたげが、いっせいにすばやくとびはじめました。

たくやも、雨《あま》がえるも、同《おな》じようにスピードを上《あ》げました。

そして、ほとんど同時《どうじ》に、池《いけ》のふちにつきました。

フォーエバー池《いけ》の水《みず》はすんでキラキラと光《ひかり》をはんしゃしていました。けれども、いくら見《み》つめても、シロタンポポの花《はな》はありませんでした。そして、ヒメシロチョウも、イトトンボも、まったく見《み》ることはできませんでした。

「どうしたのだろう？」

シロタンポポのわたげが、首《くび》をかしげました。

「すばらしい池《いけ》はあるのに、なぜチョウやトンボはいないのかな。」

と、ヒメシロチョウとイトトンボがいいました。

その時《とき》、雨《あま》がえるが、イトトンボの子《こ》どもにいいました。

「やっと会《あ》えましたね。お母《かあ》さんにたのまれて、あなたをさがしにきたのですよ。」

「あれっ、そうだったの。ぼくは友《とも》だちのイトトンボをさがしにヒメシロチョウさんとシロタンポポのわたげさんといっしょに来《き》たのですよ。」

まいごのイトトンボの子《こ》どもは、お母《かあ》さんが心配《しんぱい》していた、まいごではなかったのです。いなくなってしまった、たくさんのイトトンボをさがしにとんできたのでした。

「そうでしたか。でも、こんなに遠《とお》いところに来《き》て、お母《かあ》さんはきっと、とても心配《しんぱい》していると思《おも》います。」

と、雨《あま》がえるはいいました。

「きっとそうだ。お母《かあ》さん、心配《しんぱい》しているよ。」

たくやとヒメシロチョウとシロタンポポのわたげが顔《かお》を見合《みあ》わせながらイトトンボの子《こ》どもにいいました。

「そうだね。見《み》つけることができなくてざんねんだけれど、ひとまず帰《かえ》ろうかな。」

イトトンボの子《こ》どもは、ちょっとおとなびたいい方《かた》をしました。そして、雨《あま》がえるの顔《かお》を見《み》つめてニコッとわらいました。

「ヒメシロチョウさん、シロタンポポのわたげさん、本当《ほんとう》にありがとう。今度《こんど》また、みんなの友《とも》だちやなかまを見《み》つけにいきましょうね。」

イトトンボの子《こ》どもがいいました。

「ぼくも、その時《とき》は、雨《あま》がえるさんといっしょにさがしにいきますよ。」

たくやも、これから本当《ほんとう》にぼうけんがはじまると思《おも》うと、心《こころ》がウキウキとしてきました。雨《あま》がえるもいいました。

「このまほうのようなほおずきトマトの長《なが》ぐつはいて、みんなといっしょにさがしにいきましょう。」

「うれしいな。みんなと知《し》り合《あ》えたし、これからはいっしょにぼうけんができそうですね。」

と、たくやがいいました。

イトトンボの子《こ》どももうれしそうに、みんなと顔《かお》を見合《みあ》わせています。

「さあ、もどりましょう。」

と、雨《あま》がえるがイトトンボの子《こ》どもにいいました。

「うん、わかったよ。じゃあヒメシロチョウさん、シロタンポポのわたげさん、本当《ほんとう》にありがとう。またれんらくしますからね。」

イトトンボの子《こ》どもは、少《すこ》しさびしそうにいいました。

「はい、まってますよ。それまで、少《すこ》しさびしいけれど、がまんして、イトトンボさんや、たくやさんや、雨《あま》がえるさんと、また会《あ》える時《とき》をまっています。」

ヒメシロチョウとシロタンポポのわたげは同時《どうじ》にいいました。

なぜだろう　なぜだろう
友《とも》だちや　なかまが
だんだん　少《すく》なくなる
さがしにいこう
みんなのいるところ

お母《かあ》さんとのさいかい

「イトトンボさんもせなかにのって。さあ、とびますよ。」

雨《あま》がえるはそういうと、一気《いっき》にとび上《あ》がりました。

「ほら、このほおずきトマトの長《なが》ぐつは、かなり高《たか》く空《そら》をとぶことができますよ。」

雨《あま》がえるの言葉《ことば》どおり、まさにまほうの長《なが》ぐつでした。せの高《たか》い木《き》の上《うえ》を、ゆうゆうと雨《あま》がえるはとんでいきます。

「はやいなあ。ちょっとこわいかんじもするけど、気《き》もちがいいね。」

たくやは、となりのイトトンボの子《こ》どもにいいました。

「ぼくはとべるけれど、こんなに高《たか》く、こんなにはやくはとべない。」

と、イトトンボがいいました。

フォーエバー池《いけ》が、またたく間《ま》に小《ちい》さくなり、もうマガ湖《こ》の上《うえ》をとんでいます。見下《みお》ろしても、親切《しんせつ》なガマガエルさんたちは見《み》えませんでした。

たくやが、

「ありがとう！ガマガエルさんたち、また会《あ》いましょうね！」

と、さけぶ間《ま》もなくマガ湖《こ》を通《とお》りすぎました。

そして、ズナマ池《いけ》や、まわりのけやきやくすの木《き》、そして、かえでの森《もり》の上《うえ》をみごとにとんでいます。雨《あま》がえるは、ごくふつうのしせいで、ただ足《あし》をまっすぐにのばしているだけです。それにしても、ほおずきトマトの長《なが》ぐつの力《ちから》はすごいものです。

「たくちゃんのようち園《えん》が見《み》えるよ。」

雨《あま》がえるの言葉《ことば》に、たくやが下《した》を見《み》ると、ようち園《えん》のにわでは、子《こ》どもたちがあそんでいるすがたが小《ちい》さく見《み》えました。

「さあ、おりますよ。しっかりつかまってください。」

たくやは、雨《あま》がえるの首《くび》にしがみつきました。イトトンボは、きゃしゃな羽《はね》で、雨《あま》がえるの体《からだ》にかじりつきました。まるでジェットコースターのように、雨《あま》がえるはようち園《えん》のにわにある池《いけ》のきしにとびおりました。

池《いけ》のふちに雨《あま》がえるがついたとたんでした。

たくやはびっくりしました。ムクムクとたくやの体《からだ》が大《おお》きくなっていったのです。またたく間《ま》に、雨《あま》がえるは、たくやの足《あし》もとに、ちんまりすわっているのです。

「あーっ！ぼく、もとの大《おお》きさにもどったよ。」

イトトンボがふしぎそうに、たくやを見《み》ています。

「ふしぎだね。あんなに小《ちい》さかったのに。」

「ほおずきトマトのまほうがとけたのですよ。さあ、イトトンボさん、お母《かあ》さんをさがして。」

雨《あま》がえるは、あたりを見《み》わたしながら、イトトンボにいいました。

イトトンボの子《こ》どもがいった時《とき》でした。近《ちか》くにいたようち園《えん》の子《こ》どもが、

「見当《みあ》たらないねえ。どこへ行《い》ったのかな。」

「イトトンボはさっき、となりの小学校《しょうがっこう》のプールの方《ほう》へ行《い》ったよ。」

と、教《おし》えてくれました。

たくやと雨《あま》がえる、そして、イトトンボの子《こ》どもはいそいで、すぐとなりの小学校《しょうがっこう》のにわに走《はし》っていきました。プールは、にわの外《はず》れにありました。

プールに近《ちか》づくと、イトトンボの子《こ》どもより、少《すこ》し大《おお》きめのイトトンボが、大《おお》いそぎで近《ちか》づいてきました。

「どこへ行《い》っていたの。心配《しんぱい》しましたよ。」

と、イトトンボのお母《かあ》さんがいいました。

「お母《かあ》さん、ごめんね。ぼくのなかまたちをさがしにいったんだよ。雨《あま》がえるさんや、たくやさんもいっしょだったよ。」

「あら、そうだったの。ほんとにイトトンボたち、いなくなってしまったね。お母《かあ》さんの友《とも》だちも、どこへ行《い》ったのかしら。」

イトトンボのお母《かあ》さんは、子《こ》ど

ものイトトンボを見《み》つめながらいいました。

「帰《かえ》ってくれて、お母《かあ》さん、すごくうれしいよ。それに雨《あま》がえるさん、たくやさん、ありがとう。お世話《せわ》になりました。」

雨《あま》がえるは、お母《かあ》さんのイトトンボに答《こた》えました。

「ううん、とくに何《なに》もしていないけど。たくやさんといっしょにさがしていただけですよ。見《み》つかって本当《ほんとう》によかった。」

たくやもいいました。

「とちゅうで会《あ》ったヒメシロチョウさんや、シロタンポポさんたちも、自分《じぶん》の友《とも》だちや、なかまがいなくなっていると、同《おな》じようにさがしていましたよ。なぜ、いなくなっているのでしょうね。」

「お母《かあ》さんは心配《しんぱい》したでしょうが、ぼくたち、とても楽《たの》しかったね。それも雨《あま》がえるさんのおかげだね。というか、ほおずきトマトのまほうのおかげだね。」

と、たくやはいいました。

「ほんとに雨《あま》がえるさんのほおずきトマトの長《なが》ぐつは、すてきですね。」

イトトンボの子《こ》どもがいいました。

「もともとはね、たくやさんが作《つく》ってくれた長《なが》ぐつなんですよ。ほおずきトマトの長《なが》ぐつは、めずらしい雨《あま》ぐつだし、本当《ほんとう》に、たくやさんのおかげですよ。」

雨《あま》がえるはそういうと、手《て》をのばして、たくやとあく手《しゅ》をしました。

たくやは、少《すこ》し小《ちい》さな声《こえ》で、イトトンボのお母《かあ》さんにはきこえないようにいいました。

「今度《こんど》、また行《い》こうね。ぼうけんに行《い》こうね。」

「うん、もちろん。」

と、顔《かお》を見合《みあ》わせながら、雨《あま》がえるとイトトンボの子《こ》どもが答《こた》えました。

小学校《しょうがっこう》のにわには、少《すこ》しずつ子《こ》どものすがたがふえてきました。

「わすれてしまうところだった。ぼく、ようち園《えん》に行《い》かなくては。きっと、お母《かあ》さんがまってると思《おも》う。四月《しがつ》からは小学校《しょうがっこう》に上《あ》がるけれど、ぼくは、まだようち園生《えんせい》。雨《あま》がえるさん、イトトンボさん、ぼうけんわすれないでね。きっとだよ。」

たくやは、いそいでプールからはなれ、ようち園《えん》の門《もん》にむかって走《はし》っていきました。

すると、むこうから、お母《かあ》さんが走《はし》ってきました。

「あらあら、たくや。あなたが小学生《しょうがくせい》になるのは四月《しがつ》からですよ。」

と、ニコニコしながらいいました。

ぼうけんは　楽《たの》しいな
はじめての　ばしょ
はじめての　人《ひと》
いろんな人《ひと》や
いろんなものに
出会《であ》うと心《こころ》がウキウキするね

スミレの野原《のはら》のなぞ

まちどおしいね　まちどおしいね
雨《あめ》がふったら　出発《しゅっぱつ》だ
ワクワクぼうけん　はじまるよ
雨《あめ》あめはやく　ふってこい

『あしたのあさ、ぼうけんにいきます。いっしょにいきましょう。
アマガエル』

たくやあてに雨《あま》がえるからハガキがとどきました。雨《あま》がえるの文字《もじ》の後《あと》に、ていねいに雨《あま》がえるの足《あし》あとが、青《あお》くつけられていました。

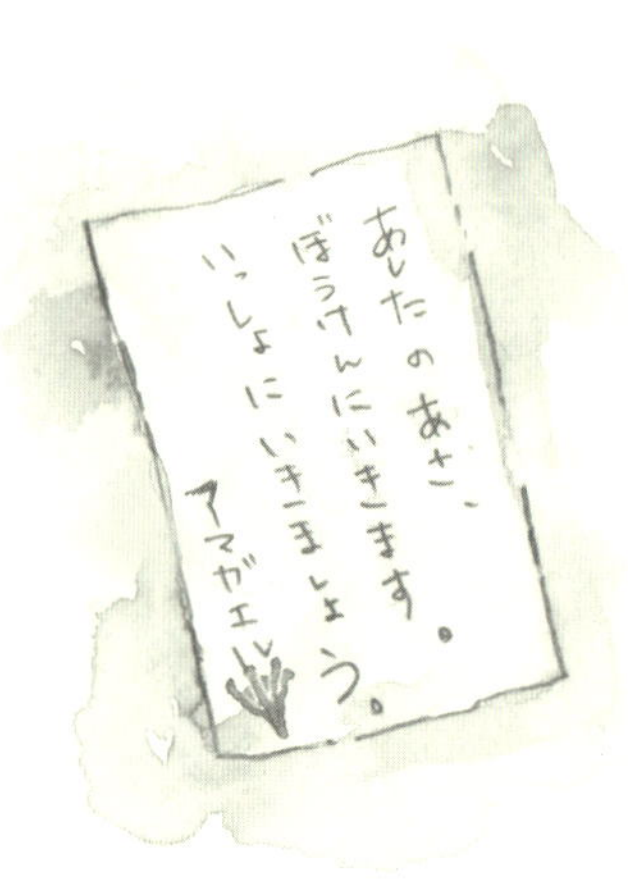

「うわっ、うれしい。まっていたんだ。」

と、たくやは大《おお》よろこびです。

「あのほおずきトマトの長《なが》ぐつはいてくるかな。」

と、たくやはひとりごとをいいました。


朝《あさ》、いつものように、たくやは、お母《かあ》さんといっしょに、ようち園《えん》にむかいました。

すると、ほおずきトマトの長《なが》ぐつをはいた雨《あま》がえるは、あじさいの葉《は》のよこで、そっとたくやをまっていました。

「お母《かあ》さん、ちょっとまっていてね。」

たくやはそういって、雨《あま》がえるのそばに走《はし》っていきました。

「さあ、のってください!」

雨《あま》がえるは、たくやに、せなかにのるようにうながしました。

「うん、わかった。」

と、たくやは答《こた》えました。

「とびながら、話《はな》しますね。しっかりつかまっていてください!」

雨《あま》がえるはそういうと、まるでヘリコプターのようにまい上《あ》がりました。

お母《かあ》さんのすがたが、またたく間《ま》に小《ちい》さくなっていきました。

「だいぶ遠《とお》いところ、スミレがいちめんにさいている野原《のはら》に、まず行《い》ってみます。」

雨《あま》がえるは、いきを切《き》らしながら、たくやに話《はな》しました。

大《おお》きな森《もり》や池《いけ》をこえていきました。みどりいちめんのうつくしいムギのほが、風《かぜ》にゆれています。時《とき》おり、たくやの体《からだ》に強《つよ》い風《かぜ》があたって、ようち園《えん》のスモックがパタパタと音《おと》をたてます。

「ミツバチの声《こえ》がきこえてきたのですよ。スミレの野原《のはら》に、すぐに来《き》てください。ふしぎなことがおこっているというのです。」

雨《あま》がえるは、心配《しんぱい》そうな声《こえ》でたくやにいいました。

(どうしたのかなあ。何《なに》がおこったのかな。)

と、たくやは思《おも》いました。いそいでスミレのさく野原《のはら》に行《い》かなければと思《おも》いました。そしてミツバチにわけをきかなければと思《おも》いました。

「わかったよ。雨《あま》がえるさん、いそごう。」

たくやは、雨《あま》がえるのせなかにしっかりつかまっていいました。

ミツバチのかなしみ

雨《あま》がえるが、少《すこ》しスピードをゆるめました。ぐんぐん林《はやし》や野原《のはら》に近《ちか》づいていきます。

「ほら、あそこですよ。ムラサキ色《いろ》のスミレがいっぱい見《み》えるでしょう。」

雨《あま》がえるがいいました。

「ほんとだ。スミレの野原《のはら》が、ずーっとつづいているね。」

と、たくやがいった時《とき》でした。スミレの野原《のはら》からとんできたのでしょう。一《いっ》ぴきのミツバチが、羽《はね》をふるわせて、たくやと雨《あま》がえるめがけてとんできました。

「雨《あま》がえるさん、来《き》てくれたのですね。ありがとう。さあ、こっちへ来《き》てください。」

ミツバチは、くるりとせをむけて、スミレの野原《のはら》めがけて、きゅうこうかです。たくやと雨《あま》がえるは、ミツバチの後《あと》につづきました。

　ミツバチは、スミレの花《はな》がとくにいっぱいさいているところにおりると、雨《あま》がえるに話《はな》しはじめました。

「ぼく、みんなといっしょに、スミレの花《はな》のみつをあつめていたのです。みんなといっしょに、一生《いっしょう》けんめいあつめていたのです。」

「おいしいみつだからね。ぼく、だいすきだよ。」

　と、たくやがいいました。

「すると、とつぜん、うなるような大《おお》きな羽《はね》の音《おと》がきこえました。スズメバチです。ぼくたちは、こわいので、それぞれ思《おも》い思《おも》いの方《ほう》へ、にげました。」

「それは、こわかったでしょう。」

　と、雨《あま》がえるがいいました。

「まだ、スズメバチがいるかもしれないので、気《き》をつけてください。」

たくやを見《み》ながら、ミツバチがささやきました。

そのとたんでした。たくやの顔《かお》にむかって、スズメバチがうなりをあげて近《ちか》づいてきました。たくやは、びっくりしてすわりこみました。

「じっとしていれば、何《なに》もしませんよ。」

雨《あま》がえるが、たくやをかばうように、そばによってくれました。

「ほんとだね。じっとしていればだいじょうぶだね。」

と、たくやは、雨《あま》がえるの目《め》を見《み》ながらいいました。

「スズメバチが来《き》たとたん、ぼくのなかまのミツバチは、みんなにげたのですが、気《き》がつくと、ぼく一《いっ》ぴきしか、この野原《のはら》にはいなくなってしまいました。」

「そうだね。ミツバチさんのいうとおり、この野原《のはら》には、だれもいませんね。」

雨《あま》がえるが答《こた》えると、

「それで、雨《あま》がえるさんに、みんなをさがしてもらおうとさけんだのですよ。」

と、ミツバチはいいました。

「それなら、ぼくたちもいっしょに、ミツバチさんの友《とも》だちさがしを、てつだいましょう。」

雨《あま》がえるはそういうと、ほおずきトマトのくつのヒモをキュッとしめなおしました。

どこに行《い》ったの　なかまたち
どこにきえたの　なかまたち
スミレさく野原《のはら》のむこう　何《なに》があるの
すてきなこと　たくさんあるの？

ほらあなの　なぞのあかり

「しっかり、つかまっていてください。」

ほおずきトマトの長《なが》ぐつをはいた雨《あま》がえるは、これまでいじょうにスピードを上《あ》げてとびたちました。またたく間《ま》に、スミレの野原《のはら》をこえ、草原《そうげん》をぬうようにながれる川《かわ》にそってとんでいきます。ミツバチも、ふだんのとび方《かた》とちがって、これいじょうはうごかせないというほど、羽《はね》をふるわせて、雨《あま》がえるの少《すこ》し前《まえ》をとんでいきました。

「あれっ、見《み》てごらん。あそこに、ほらあながあるよ！」

たくやは、雨《あま》がえるとミツバチにむかってさけびました。草原《そうげん》のつきるあたり、きゅうに川《かわ》はほらあなにすいこまれていきます。

「では、あのほらあなの入口《いりぐち》あたりにおりてみましょう。」

雨《あま》がえるはそういうと、ミツバチといっしょにきゅうこうかです。

川《かわ》は、少《すこ》し細《ほそ》いながれにかわって、くらいほらあなにながれこんでいます。

川《かわ》はすきとおって、そこまでよく見《み》えました。

「貝《かい》がいるよ。川《かわ》ニナだね。」

と、たくやがいいました。

雨《あま》がえるは、

「そうですね。川《かわ》ニナですね。かなりたくさんいます。すると、このあたりには、ホタルがいるかもしれませんね。」

と、いいました。

その時《とき》でした。ミツバチがささやくようにいいました。

「何《なに》かきこえますよ。羽《はね》の音《おと》のようなかんじです。」

たくやも雨《あま》がえるも、耳《みみ》をそばだてました。

「うん、たしかにきこえるね。でも、かすかな音《おと》だから、なんの音《おと》かわからない。」

雨《あま》がえるは、

「ミツバチの羽《はね》の音《おと》でしょうか。」

と、小《ちい》さな声《こえ》でいいました。

「でもちょっと、ちがうように思《おも》えます。」

と、ミツバチは、じっと羽《はね》の音《おと》をききながらいいました。

「よし、行《い》ってみよう。」

たくやはいいました。

「そうですね。ほらあなへ、ぼうけんですね。」

と、雨《あま》がえるがいいました。

たくやをせんとうに、ほらあなのくらや

みに入《はい》っていきました。何《なに》も見《み》えません。

「気《き》をつけて。」

「まいごにならないようにしましょう。」

たくやと雨《あま》がえるとミツバチは、たがいに声《こえ》を出《だ》しながら、ゆっくりとすすみました。おそるおそる川《かわ》にそってあるきました。たくやには、もう何《なに》も見《み》えません。雨《あま》がえるとミツバチが、たくやの前《まえ》をしんちょうにすすんでいきます。

「羽《はね》の音《おと》がしますね。だいぶ近《ちか》づいたようですよ。」

ミツバチがいいました。

その時《とき》でした。

ほらあなのおくの方《ほう》に、かすかに点《てん》のようなあかりがついたのです。小《ちい》さいあかりは、しばらくするときえて、また少《すこ》したって、ポッとつくのです。

それも、ほらあなのあちらこちらで、ポッ、ポッとつくのです。

「なんだろう。ちょっとこわいね。」

たくやがいいました。

「たしかめましょう。」

雨《あま》がえるが小《ちい》さな声《こえ》でいいました。

ほらあなの中《なか》に　小《ちい》さな　あかり
まるで　ゆめのように　かがやいている
ゆう気《き》を出《だ》して　あかりにむかって
友《とも》だちを　さがしにいこう
友《とも》だちを　さがしにいこう
きっと　すてきなことが　おきるんだ

ほらあなにすむ　まっ黒《くろ》なかいじゅう

小《ちい》さなあかりは、まるで道《みち》あんないのようでした。こわいけれど、たくやもミツバチも雨《あま》がえるも、あかりをめがけてすすみました。

「ホタルですよ。」

雨《あま》がえるがいいました。

「そうか、ホタルか。ゲンジボタルのあかりだな。」

たくやは、やっと元気《げんき》な声《こえ》で雨《あま》がえるにいいました。

「しずかについていきましょう。」

雨《あま》がえるがいいました。

「さっききこえた羽《はね》の音《おと》は、ぼくのなかまのミツバチではなくて、ホタルの羽《はね》の音《おと》だったのですね。」

と、ミツバチがいいました。

川《かわ》はずいぶん細《ほそ》くなりました。

「どこまでつづくのかなあ。」

たくやは、やはり心配《しんぱい》でした。はやくほらあなを通《とお》りぬけたいと思《おも》いました。

とつぜん、雨《あま》がえるが、とび上《あ》がりました。

「何《なに》かいるよ。大《おお》きなまっ黒《くろ》なものが…。」

それと同時《どうじ》に、たくやの顔《かお》のあたりを、バタバタという音《おと》とともに、黒《くろ》いかたまりがとびこえていきました。

「なんだろう。」

ミツバチもささやきました。

「あぶないから、みんなそばにいよう。」

たくやは、両手《りょうて》を広《ひろ》げて雨《あま》がえるとミツバチの手《て》をしっかりとにぎりました。

バタバタ、バタバタ、バタ………、くりかえし、くりかえし、たくさんの黒《くろ》いかたまりが、たくやたちにむかってきます。まさに、わるいてきがこうげきしてくるようです。

ホタルのかすかなあかりに、一《いっ》ぴきの黒《くろ》いかたまりのてきが、うっすらと見《み》えました。あくまのようにおそろしい顔《かお》に、赤《あか》い口《くち》、キバのような歯《は》が見《み》えました。

「うわっ、たいへんです！こんなことはじめてです！」

雨《あま》がえるは、びっくりするほどの声《こえ》を出《だ》しました。

「そうだ！コウモリだよ。」

たくやはいいました。図《ず》かんで見《み》た、やみにすむ、コウモリのしゃしんを思《おも》い出《だ》したのです。

「コウモリだったら、こわくないよ。ぼくが、コウモリをおどかしてやるよ。」

そういうと、たくやは、雨《あま》がえるとミツバチから少《すこ》しはなれました。そして、両手《りょうて》を広《ひろ》げて、コウモリにむかっていきました。

ところが、むかってきたコウモリが、あまりに大《おお》きいので、たくやは、いそいで雨《あま》がえるとミツバチのところににげてきました。

「うっかりしてた。ぼく、雨《あま》がえるさんのほおずきトマトのまほうで、体《からだ》が小《ち》さくなっていたんだ。ああ、びっくりした。」

「さあ、ほらあなをはやく出《で》ましょう。いそいで、いそいで。」

雨《あま》がえるがいいました。

「うん、そうしよう。」

ミツバチも先《さき》へいそいですすみました。

ホタルのあかりも、たくやたちをいそいであんないしているように、すばやくとんでいきます。

いそぎました。けれども、コウモリははやく、バタバタというはげしい音《おと》とともに、たくやのかみにぶちあたってきました。

まけないよ　まけないよ
ぼくらはみんな　強《つよ》いんだ
かいじゅうだって　こわくない
力《ちから》を合《あ》わせて　げきたいだ
まけないよ　まけないよ
ぼくらはみんな　強《つよ》いんだ

ぜったいぜつめいのピンチ

ミツバチ　羽《はね》を　ブンブンブン
ホタルは　あかりを　チラチラチラ
にげよう　にげよう　はやく　はやく
ふりむかないで　はやく　はやく

「もうわたしたち、だめかもしれない。つかまってしまいそう。」
たくやたちの前《まえ》をとんでいくホタルたちが、なきそうな声《こえ》でいい合《あ》ってい
ます。

たくやは、うしろをふりむきました。コウモリは、すぐうしろにいました。
やみの中《なか》で、黒《くろ》いすがたが、羽《はね》をバタバタゆらしてせまっていました。

時々《ときどき》、黒《くろ》い目《め》がギラッと光《ひか》りました。

たくやは、ゆう気《き》を出《だ》して、コウモリたちに、むかおうと思《おも》いました。

「雨《あま》がえるさん、とまっていいよ！ぼく、たたかうよ！」

「そんなむちゃしないでください。」

雨《あま》がえるは、フルスピードでとびながらいいました。

「でも、これでは前《まえ》をとんでいるホタルは、つかまってしまうよ。まもってあげなくちゃ。」

たくやは、つかまっていた雨《あま》がえるの首《くび》に力《ちから》を入《い》れて、ブレーキをかけました。

「こわいですね。」

雨《あま》がえるはそういいながら、たくやのいうとおりに、まっくらなほらあなの岩《いわ》の上《うえ》でとまりました。たくやは、両手《りょうて》を広《ひろ》げて、コウモリの前《まえ》に立《た》ちました。コウモリの目《め》が光《ひか》りました。

「さあ、来《こ》い！ホタルさんをいじめるものは、ゆるさないよ！」

たくやは、コウモリにむかってさけびました。コウモリは、どのくらいの数《かず》、いるでしょうか。きゅうに羽《はね》をとじると、たくやのいる岩《いわ》の上《うえ》にはりつきました。そして、黒《くろ》い目《め》が、するどく、たくやと雨《あま》がえるとミツバチをにらみつけます。

「さあ、ぼくとたたかおう。」

たくやの声《こえ》は少《すこ》しふるえていました。ゆう気《き》をふるって、たくさんのコウモリの前《まえ》に、たくやは立《た》ちました。

〃ザワ　ザワ　バタバタ〃という音《おと》がきえ、ほらあなはなんの音《おと》もしなくなりました。コウモリたちは、天《てん》じょうにぶらさがったり、よこの岩《いわ》のかべに、すいつくようにとまっていたりしています。

するとその時《とき》です。ひときわ大《おお》きなコウモリが、すっとたくやの前《まえ》にまいおりました。

「おどかして、ごめん、ごめん。おいかけたわけではないのですよ。というより、ぼくたちもこわかったのですよ。」

しずかに大《おお》コウモリは、たくやにいいました。

「きゅうにみんなが、かけこんできたものだから、びっくりしただけですよ。」

「なーんだ。そうだったのか。てっきり、ぼくたちをしゅうげきしてきたと思《おも》いましたよ。」

たくやは、やっとホッとして、コウモリに話《はな》しました。

「もう、そこがほらあなの出口《でぐち》です。わたしたちは明《あか》るいところがにがてですから、どうぞ、ほらあなから先《さき》にすすんでください。」

コウモリは、こわい顔《かお》をしてはいましたが、やさしくたくやと雨《あま》がえるとホタルたちに話《はな》してくれました。

「あー、よかった。」

みんなはやっと安心《あんしん》して声《こえ》を上《あ》げました。

「さあ、それでは、ミツバチさんの友《とも》だちをさがしにいこう。」

たくやは、みんなをうながしました。

「ところで、ホタルさんは、これからどうするのですか。」

と、雨《あま》がえるがホタルにたずねました。

「じつは、わたしたちも、お母《かあ》さんやお父《とう》さんやお友《とも》だちをさがしているのです。きっと、この川《かわ》のながれをむこうへ行《い》ったと思《おも》います。はやくおいつきたいです。」

ホタルは、たくやたちにせつめいしました。

こわい顔《かお》をしたコウモリたちでしたが、よく見《み》ると、なんとなく、わかれるのがさびしいというようすです。

「コウモリさん、さよなら。」

たくやたちは大《おお》きな声《こえ》で、あいさつをしました。

「さあ、いそごう。」

ホタルとミツバチをせんとうに、雨《あま》がえるのせなかにしがみつきながら、たくやは、みんなをせかせました。

ツメクサの野原《のはら》

少《すこ》しすすむと、ほらあなをぬけました。まぶしい光《ひかり》が目《め》にとびこんできました。川《かわ》もしずかに、なみ音《おと》をたてながらながれていきます。

広々《ひろびろ》としたツメクサの野原《のはら》が広《ひろ》がっています。ところどころキンポウゲの黄色《きいろ》い花《はな》がさいています。

「あれっ、あそこにだれかいますよ。」

雨《あま》がえるがいいました。

「ハトだよ。まっ白《しろ》なハトだ。こっちへ近《ちか》づいてくる。」

たくやも、ハトがすきなので、ハトに近《ちか》づいていきました。

「みなさん、まっていましたよ。わたしはツバサという名前《なまえ》です。お父《とう》さん、ホタルさん、ミツバチさん。お父《とう》さんやお母《かあ》さん、そして、みんながいるところに、いっしょに行《い》きましょう。」
そばに来《き》たハトのツバサは、びっくりするほどの大《おお》きさでした。たくやは、雨《あま》がえるさんの長《なが》

ぐつのまほうで、小《ちい》さくなっていることを、いつもわすれてしまいます。

けれども、ハトさんは、やさしくかわいい目《め》をしていました。

「さあ、わたしのせなかに、みんなのってください。たくやさん、ミツバチさん、ホタルさん、そして雨《あま》がえるさんも。」

「ありがとう。でもわたしには、まほうの長《なが》ぐつがあるから、いっしょにとびましょう。」

雨《あま》がえるさんは、ニコニコしながらいいました。

「羽《はね》の間《あいだ》に入《はい》って、しっかりつかまってください。」

そういうと、ハトさんはとびたちました。

たくやは、

「なぜ、ぼくたちのことを知《し》っているの。」

と、ハトさんにききました。

「耳《みみ》がいいのですよ。とても遠《とお》いところの音《おと》や声《こえ》をきくことができます。それでみなさんのさがしものが、わかったのです。」
ハトさんは、まっ白《しろ》なうつくしい羽《はね》をはばたかせながら答《こた》えました。

もうちょっと　もうちょっとで
みんなに会《あ》える
まちどおしいな　うれしいな
まちどおしいな　うれしいな

もうすぐ　みんなと会《あ》える

シロツメクサのみどりのじゅうたんの上《うえ》を、ハトのツバサはゆうゆうと、とんでいきます。ほおずきトマトの長《なが》ぐつをはいた雨《あま》がえるは、ハトのわきをならんでとんでいます。

「うれしいなあ。みんなに会《あ》えるんだ。」

ミツバチは、ホタルと顔《かお》を見合《みあ》わせてニコニコしています。

「ひこうきよりもすてきだなあ。」

たくやは、まっ白《しろ》なハトの羽《はね》に体《からだ》をうずめて、さわやかな風《かぜ》を思《おも》い切《き》りすいこみました。

「ちょっとまってください。」

きゅうにハトのツバサが、スピードをゆるめていいました。

「きこえないのですよ。さっきまできこえていたなかまのハトの声《こえ》やミツバチさんやホタルさんの声《こえ》がきこえなくなったのです。どうしたのでしょう。」

ツバサは、ゆっくり羽《はね》をうごかしながら、まわりをしずかにながめています。


「こまったね。とりあえずおりてみようよ。」

たくやは、ツバサと雨《あま》がえるとミツバチとホタルにいいました。

ハトのツバサは、しずかにシロツメクサの野原《のはら》におりました。

「このあたりから、きこえていたのですよ。」

ツバサはグルッと首《くび》をまわしてながめました。けれども、ハトやミツバチやホタルのすがたは、どこにも見《み》あたりません。

「あれっ、これはハトの羽《はね》ですよ。」

雨《あま》がえるは、シロツメクサの間《あいだ》から羽《はね》をひろって、みんなに見《み》せました。

「そうすると、今《いま》まで、ハトたちはここにいたんですよ。どこに行《い》ったのかな。」

　ハトのツバサは、まわりを見《み》わたしながらいいました。

「ここに、たくさん足《あし》あとがありますよ。」

　ホタルとミツバチが、シロツメクサの中《なか》に、大《おお》きな足《あし》あとや、中《ちゅう》くらいの大《おお》きさの足《あし》あとや、小《ちい》さな足《あし》あとを見《み》つけていいました。

「たくさんどうぶつがいたのですね。これはシカの足《あし》あとのようだし、こちらはリスの足《あし》あとにも見《み》えますね。」

「ほんとだね。あれっ、また友《とも》だちのハトの声《こえ》や、ミツバチの羽《はね》の音《おと》がきこえてきましたよ。すぐ近《ちか》くですよ。」

と、ハトのツバサがいいました。

「じゃあ、いそごう。」

たくやは、みんなの顔《かお》を見《み》ながらいいました。

「さあ、とびますよ。」

と、ミツバチが羽《はね》をはばたかせました。雨《あま》がえるもすっと、空中《くうちゅう》にとびあがりました。

ドキドキするね　ドキドキするね
何《なに》があったか　きいてみよう
どうしてきえたか　きいてみよう
ドキドキするね　ドキドキするね

やっと、みんなと会《あ》えた

「どうしたのかなあ。」

ハトのツバサは、なかまの羽《は》ばたきやなき声《ごえ》をじっときくように、つぶやきました。

「何《なに》か、きっとおこったんだよ。」

たくやは、ハトのツバサをなぐさめるようにいいました。

「さがしながら、とんでいきましょう。」

雨《あま》がえるがいいました。

しばらくとんでいくうちに、ハトのツバサがうれしそうな声《こえ》を上《あ》げました。

「見《み》て、見《み》て。ずいぶんきれいなところですよ。」

「本当《ほんとう》だ。花《はな》がさきみだれているし、小川《おがわ》もながれているね。」

たくやは、しっかりハトのツバサの羽《はね》につかまりながら、見下《みお》ろしていいました。

「あれっ、大《おお》きなキノコが、たくさんありますね。」

ホタルが、ゆびさしながらいいました。ずいぶんたくさんのキノコが生《は》えているようです。

「うつくしいデザインだね。テントウムシの七《なな》つ星《ぼし》にそっくりですよ。」

雨《あま》がえるが、うっとりしたようすでいいました。

「こんな気《き》もちのよいところだと、みんながいそうな気《き》がしますね。けれど、だれのすがたも見《み》えませんね。」

ミツバチがいいました。

「まあ、おりてみましょう。すばらしいところだし、ひと休《やす》みするのに、ちょうどいいね。」

たくやはいいました。

あざやかな赤《あか》い色《いろ》に、黒《くろ》い星《ほし》がきらめいています。そして、キノコに近《ちか》づくにつれて、とても大《おお》きいことがわかりました。まるで、家《いえ》のように大《おお》きいキノコです。それが、二十《にじゅう》も、三十《さんじゅう》もあるのです。

すると、キノコのやねやみきのかげから、たくさんのテントウムシさんがとび出《だ》してきました。

「わたしたち、ここで休《やす》んでいたのですよ。」

テントウムシがいいました。

「うつくしいキノコのたいぐんですね！」

雨《あま》がえるが、かんどうしてさけびました。

ハトのツバサは、キノコたちのまん中《なか》にまいおりました。

すると、どうでしょう。大《おお》きいキノコの下《した》から、たくさんのハトが出《で》てきました。

「やっと来《き》ましたね。」

一羽《いちわ》のハトがいいました。

「ずいぶんさがしたのですよ。」

ハトのツバサが答《こた》えました。

また、べつのキノコのかさの下《した》から、ミツバチが羽《はね》をふるわせてあらわれました。

「うれしいなあ。やっとみんないっしょだ。」

一《いっ》ぴきのミツバチがいいました。

すると、ほかのキノコのかさの下《した》から、たくさんのホタルがパッととび出《だ》してきました。

「よくさがしましたね。」

一《いっ》ぴきのホタルがうれしそうにいいました。

するとまた、ほかのキノコの下《した》から、かわいいテントウムシたちが、そろってでてきました。

「さがしてくれると思《おも》っていましたよ。」

一《いっ》ぴきのテントウムシがいいました。

たくやたちは、たくさんのハト、ミツバチ、ホタル、テントウムシにかこまれてしまいました。みんな、うれしそうです。

するとハトやミツバチ、ホタル、テントウムシたちが、声《こえ》をそろえてさけびました。

「いいですよ。もう出《で》てきてください。」

たくやは、びっくりしました。一《ひと》つのキノコのかさの下《した》から、たくやのお母《かあ》さんが、わらいながらたくやにむかってくるのです。

「あれっ、どうしたの。」

たくやは、たずねました。

「たくやが、なかなかもどらないので、さがしていたのよ。そして、ハトさんやミツバチさん、ホタルさんやテントウムシさんといっしょになって、ここまで来《き》たのですよ。」

「あぁ、おどろいた。そうだったのかあ。」

たくやは、本当《ほんとう》におどろきました。

「会《あ》えてよかったですね。これでひと安心《あんしん》ですね。」

雨《あま》がえるが、ちょっとおとなっぽくいいました。

「ところがね。」

と、ホタルがいいました。

「でも、わたしたちみんなが、のぞんでいたところではなかったようです。」

と、テントウムシがいいました。

「もっともっとさがさなければ、ぼくたちの本当《ほんとう》にすみやすいところは、見《み》つからないと思《おも》います。」

ハトが、少《すこ》ししずかな声《こえ》でいいました。

「そうですか。こんなにうつくしいところなのにね。」

たくやは、ぐるっと見《み》わたしていいました。

ミツバチも、たくやの顔《かお》を見《み》つめながら、

「すてきなところだけれど、もっとわたしたちにとって、よいところがあるはずですよ。」

と、いいました。

ここには、うつくしいかわいいキノコがいちめんに生《は》え、そばに小川《おがわ》がながれ、ヒナギクや、キンポウゲの花《はな》が見《み》えるかぎり、さきほこっています。

けれども、鳥《とり》や虫《むし》たちがくらすところとしては、十分《じゅうぶん》ではなかったようです。

雨《あま》がえるが、決心《けっしん》したように大《おお》きな声《こえ》でいいました。

「それでは、わたしも、たくやさんも、みんなといっしょにもっとすてきなところをさがしつづけますよ。」

「うん、さがそう。雨《あま》がえるさんのほおずきトマトの長《なが》ぐつがあれば、きっと本当《ほんとう》にすばらしいところが見《み》つかりますよ。」

やっと　会《あ》えたね
ずいぶん　さがしたよ
赤《あか》いかさに　黒《くろ》い星《ほし》
キノコのお家《うち》
すてきな　ところ
みんなに会《あ》えて
とても　とても　うれしかった

でも　でも　本当《ほんとう》は
もっと　もっと
すばらしい　ばしょ
きっと　あるね

■著者　岡田　純也（おかだ　じゅんや）

1939年12月12日生まれ。児童文学研究者。作家。

京都女子大学名誉教授。近大姫路大学特任教授。

大阪芸術大学客員教授（非）。


埼玉県立浦和高等学校を経て立教大学、大学院を終了し、京都女子大学教授。

日本児童文芸家協会顧問。日本童詩句文学協会顧問。NPO法人みどりの会理事長。

著書『岡田純也著作選集』（全五巻　KTC中央出版）「子どもの本の魅力」（KTC中央出版）「子どものあそびと絵本」（KTC中央出版）「宮沢賢治　人と作品」（清水書院）絵本「おかあさんのたんじょうび」他20冊シリーズ（KTC中央出版）「サギソウのような女の子」（KTC中央出版）「子どもたちはどこに」（KTC中央出版）「みんな いっしょに」（KTC中央出版）「きんたってだれ　—くまもとじょうのなぞ—」（森羅出版部）「劇あそび脚本集」（ひかりのくに）他多数。

加えて自作絵本の朗読をピアニストとコラボレーションし、各地で実施している。

■画家　長谷川　真子（はせがわ　まこ）

1995年5月29日生まれ。


京都女子大学附属小学校、京都女子中学校、そして、2014年に京都女子高等学校を卒業し、現在、京都女子大学文学部英文学科1回生。

2000年～2011年の12年間、京都上京児童美術研究所　子どもアトリエ絵画教室にて絵画を学ぶ。この本の著者の教え子。

本人コメント「小学校2年の時に、朝一番に学校に行って、京都女子大学の児童学科教授と附属小学校校長を兼務されていた岡田先生と校門の前で遊ぶのが、何よりの楽しみでした。ご縁があって、先生の作品の一部になれたことを、とても光栄に思います。少しでも恩返しになれば幸いです。」

たくやと雨がえるのぼうけん

NDC 8093/ 120p / 22 × 16cm　ISBN978-4-87758-372-9

平成 26 年 10 月 24 日発行

著　者	岡田　純也
画　家	長谷川　真子
発行人	前田　哲次
編集人	谷口　博文
編　集	三輪　彰子
発行元	ＫＴＣ中央出版
	〒 111-0051　東京都台東区蔵前 2-14-14
	TEL 03-6699-1064　FAX 03-6699-1070
印刷製本	図書印刷株式会社